Analyse d'œuvre

Rédigée par Clémentine V. Baron

Pars vite et reviens tard

de Fred Vargas

Profil Littéraire

FRED VARGAS

- Née en 1957 à Paris.
- **Quelques-une de ses œuvres :**
  - *Les Jeux de l'amour et de la mort* (roman policier, 1986)
  - *L'Homme à l'envers* (roman policier, 1999)
  - *Un lieu incertain* (roman policier, 2008)

Fred Vargas, de son vrai nom Frédérique Audoin-Rouzeau, a grandi dans une famille de lettrés et d'artistes. Après avoir suivi des études d'archéologie, elle réalise une thèse sur l'histoire médiévale, avant de se spécialiser dans l'étude des squelettes animaux.

Pour supporter la rigueur et le sérieux de ses recherches, Frédérique a besoin d'une activité stimulante qui lui permette de s'évader. Elle choisit de se tourner vers l'écriture et commence à rédiger des romans policiers. Ses débuts sont difficiles, mais, après quelques années et grâce au soutien indéfectible de son éditrice Viviane Hamy, le succès est au rendez-vous. Bientôt, son style, à la fois familier et érudit, simple et d'une poésie rare, est salué par les critiques et les lecteurs.

Depuis *Pars vite et reviens tard*, chacun de ses romans se vend à plusieurs centaines de milliers d'exemplaires, faisant de son auteure la reine française du crime.

PARS VITE ET REVIENS TARD

- **Genre :** roman policier.
- **1re édition :** en 2001.
- **Édition de référence :** *Pars vite et reviens tard*, Paris, J'ai Lu, 2013.
- **Personnages principaux :**
  - Jean-Baptiste Adamsberg, le commissaire
  - Adrien Danglard, son adjoint
  - Joss Le Guern, le crieur
  - Damas Viguir, le « semeur »
  - Hervé Decambrais, l'intellectuel
- **Thématiques principales :** la peste, les superstitions, l'enquête policière, l'histoire médiévale, la vengeance, les peurs ancestrales.

Pars vite et reviens tard, paru en 2001, est le huitième roman de Fred Vargas. Si son précédent livre s'était déjà écoulé à 50 000 exemplaires l'année de sa parution, celui-ci dépasse toutes les espérances de son auteure. Les ventes atteignent les 300 000 exemplaires, et la critique ne tarit pas d'éloges.

Et pour cause : le roman met en scène des personnages atypiques, un peu marginaux mais toujours attachants, qui sont confrontés à une étrange menace. Un jour, un homme annonce le retour de la peste noire, la terrible maladie qui a décimé l'Europe au XIVe siècle. Personne n'y croit, jusqu'à ce qu'un corps couvert de taches noires soit retrouvé... En imaginant le retour de la peste dans un Paris contemporain, Vargas joue avec nos peurs ancestrales et nous fait craindre le pire.

LA VIE DE FRED VARGAS

UNE ARCHÉOLOGUE BERCÉE DE CULTURE

Vous l'ignorez peut-être, mais derrière le nom de Fred Vargas se cache une femme, chose assez rare dans le monde du roman policier.

Frédérique Audoin-Rouzeau est née le 7 juin 1957 à Paris, dans une famille relativement aisée sans pour autant être riche. Son père est écrivain, son frère historien et sa sœur peintre. Dans la lignée des salons du XVIIIe siècle, les Audoin-Rouzeau reçoivent chez eux des écrivains, peintres, musiciens, et autres artistes. La jeune fille ayant été baignée dès son plus jeune âge dans le monde de la culture et de l'art, il n'est pas étonnant de voir se développer en elle une passion pour l'histoire et l'écriture.

Élève brillante, elle lit depuis son enfance les classiques de la littérature, tandis que son père essaie de lui transmettre sa passion pour le surréalisme. Frédérique lit nuit et jour, et apprécie particulièrement Rousseau (philosophe et écrivain genevois, 1712-1778), Proust (écrivain français, 1871-1922) et Hemingway (écrivain américain, 1899-1961), comme elle le confiera plus tard.

Après avoir réussi ses études universitaires, elle poursuit avec un doctorat et choisit comme sujet d'étude la peste au Moyen Âge, un thème que l'on retrouve dans son roman *Pars vite et reviens tard*. Quelques années après avoir terminé sa thèse, elle obtient un poste au CNRS en tant qu'archéozoologue. Il s'agit d'une spécialité complexe qui vise à étudier les relations entre les hommes et les animaux dans le passé, à travers l'observation des ossements et autres restes d'animaux. À cette époque, elle participe à des fouilles archéologiques et rédige de nombreux articles scientifiques. Elle puisera dans cette expérience certaines des grandes thématiques que l'on retrouve dans ses œuvres, comme la peste, la peur du loup, celle du diable, etc.

UNE CARRIÈRE LITTÉRAIRE FLAMBOYANTE

En parallèle de ses fouilles, elle commence à écrire des romans policiers, genre qu'elle apprécie particulièrement. Avant d'envoyer son premier manuscrit à une maison d'édition, elle choisit de prendre un pseudonyme, en lien avec celui de sa sœur jumelle dont le nom d'artiste est Jo Vargas (un surnom qui rend hommage à Maria Vargas, le personnage du film *La Comtesse aux pieds nus* de Joseph L. Mankiewicz) : Frédérique se fera connaître sous le nom de Fred Vargas.

Son premier roman, *Les Jeux de l'amour et de la mort*, est remarqué au festival de Cognac, où elle remporte le prix du roman policier. Il est ensuite publié aux éditions du Masque, la plus ancienne maison à avoir dédié son catalogue aux romans policiers. Malgré cette première reconnaissance, le livre se vend mal, et les deux autres manuscrits qu'elle propose sont refusés par tous les éditeurs, auxquels elle s'est adressée. Fred Vargas décide alors de se tourner vers une plus petite maison, Hermé Éditions, qui accepte son dernier manuscrit *L'Homme au cercle bleu*, dans lequel apparaît pour la première fois celui qui deviendra son personnage fétiche, le nonchalant commissaire Adamsberg. Mais, comble de la malchance, le livre est à peine imprimé que la maison d'édition fait faillite.

Durant les années quatre-vingt-dix, Fred Vargas rencontre l'éditrice Viviane Hamy qui accepte de lui donner sa chance. Elle publie dans la collection « Chemins nocturnes » le nouveau roman de Fred Vargas, *Debout les morts* (1995). Le succès arrive progressivement avec le titre suivant, *Sans feu, ni lieu*, qui s'écoule à 8 000 exemplaires, avant de véritablement décoller avec *L'Homme à l'envers* qui atteint les 50 000 ventes en 1999. Fred Vargas est lancée ; on ne l'arrêtera plus. Elle atteint des sommets avec *Pars vite et reviens tard* en 2001, vendu à plus de 300 000 exemplaires. Depuis, elle publie à un rythme soutenu, toujours chez Viviane Hamy. En 2015, elle choisit de faire paraître *Temps glaciaires* chez Flammarion.

Si Fred Vargas est désormais réputée dans le monde du roman policier et si beaucoup la classent parmi les maîtres du roman à énigme, elle préfère utiliser le néologisme « rompol » pour définir son écriture, caractérisée par une certaine touche d'humour, de liberté et de poésie.

RÉSUMÉ DE *PARS VITE ET REVIENS TARD*

L'ANNONCE D'UN FLÉAU MYSTÉRIEUX

Sur la petite place Edgar-Quinet située à deux pas de la gare Montparnasse à Paris, le Breton Joss Le Guern, ancien capitaine de navire, s'est trouvé une nouvelle vocation : celle de crieur public. Chaque jour, il propose aux passants de laisser dans une urne située sur la place un message qu'il déclamera ensuite à haute voix.

Un jour, il trouve dans son urne une belle enveloppe de couleur ivoire qui tranche avec les autres messages laissés par les badauds. À l'intérieur se trouvent des citations latines et des verbiages incompréhensibles à propos d'un fléau, d'animaux rampants et de vermine. Le lendemain, il trouve une nouvelle enveloppe identique, et une autre encore le surlendemain. De jour en jour, il en reçoit de plus en plus, au point qu'il lui est désormais nécessaire de diffuser plusieurs fois par jour ces « annonces spéciales ».

Le vieux Decambrais, un voisin de la place Edgar-Quinet, interpellé par le caractère étrange des nouvelles alors qu'il est de passage sur la place, réalise quelques recherches pour comprendre ce qui se cache derrière celles-ci et parvient à une découverte très inquiétante, dont il fait part à Joss Le Guern. Ces messages proviennent de traités médiévaux évoquant la peste et les terribles épidémies qui ont touché l'Europe au XIVe siècle. Les enveloppes ivoire annonceraient donc le retour du fléau. Inquiets, ils se rendent ensemble à la brigade de police pour en parler. Le commissaire Adamsberg, qui vient d'être muté à la brigade criminelle, peine à prendre l'annonce au sérieux et s'imagine qu'il s'agit là de l'œuvre d'un déséquilibré, mais il accepte tout de même de mener une enquête.

DEUX AFFAIRES LIÉES ?

Un jour, une femme se présente à la brigade un peu paniquée par les motifs étranges (le chiffre 4 dessiné à l'envers) qui ont été peints sur toutes les portes de son immeuble, à l'exception d'une seule. Adamsberg l'écoute et note les informations qu'elle lui apporte, mais il ne la prend pas au sérieux. Dès qu'elle quitte la pièce, il jette à la corbeille ses notes, sans présager une seconde que cette histoire est loin d'être anodine.

Il ne le sait pas encore, mais l'affaire des 4 peints sur les portes des immeubles et celle de l'annonce de la peste sont liées. Pour l'heure, il regrette d'avoir jeté le témoignage de la jeune femme qui l'avait prévenu pour ces tags, car le phénomène a pris de l'ampleur. De plus en plus d'immeubles sont touchés, et chaque fois l'auteur épargne une porte. Pourquoi procède-t-il de cette manière ? Et que signifient les initiales « CLT », qui apparaissent sous le chiffre à la manière d'une signature ?

Pour en savoir plus, Adamsberg contacte l'historien Marc Vandoosler, homme de ménage le jour et fin spécialiste du Moyen Âge la nuit, qui déchiffre le dessin : il s'agirait d'un talisman visant à se prémunir contre la peste qui était peint sur les portes lors des épidémies dans le but de protéger les foyers. Quant aux initiales, elles sont l'abréviation de l'expression latine « *Cito, Longe, Tarde* », autrement dit « Pars vite, longtemps, et reviens tard »... La peste ! Le commissaire fait immédiatement le lien avec les enveloppes ivoire dont lui a parlé le crieur.

LE DÉBUT DE L'ÉPIDÉMIE

Peu de temps après, Decambrais informe la brigade que l'annonce du jour évoque le décès d'une première personne de la peste. Un vent de panique commence à souffler... Trois jours plus tard, un cadavre est effectivement retrouvé. L'homme est mort chez lui. Dans son immeuble, toutes les portes arboraient un 4, sauf la sienne. Son corps a été noirci au charbon pour lui donner l'apparence d'un pestiféré, mais l'autopsie révèle qu'il a été étranglé. Le semeur de peste n'est donc pas en possession du bacille de la maladie ; il ne procèderait que de manière symbolique. Mais il est maniaque, pointilleux : il va jusqu'à introduire des puces, vecteurs de la maladie, dans le domicile de sa victime. Les jours suivants, d'autres corps sont trouvés, et les scènes de crime présentent toujours les mêmes caractéristiques : on y trouve toujours des puces, le corps est marqué au charbon, la cause de la mort est toujours la strangulation, et aucune porte ne présente la trace du chiffre 4.

La population panique. Dans l'espoir d'être épargnés du fléau, les gens peignent eux-mêmes sur leur porte le chiffre 4, ce qui a pour effet de brouiller les pistes. Impuissant, Adamsberg erre sur la place Edgar-Quinet, convaincu que le tueur s'y trouve afin d'assister aux criées, entendre ses funestes prédictions et observer la réaction de son public.

LA PESTE COMME MOYEN DE SE VENGER

Et soudain, il aperçoit, au milieu de la foule, Damas, le gérant de la boutique de sport, qui porte une bague en diamant. Or le diamant est également un talisman utilisé pour se protéger de la peste, mais personne ne le sait guère plus aujourd'hui, si ce n'est le tueur lui-même ! À la brigade, on est sceptique. Comment Damas pourrait-il être le coupable ? Ce jeune commerçant bodybuildé obnubilé par son apparence physique n'a rien à voir avec un spécialiste d'une maladie médiévale qui comprend le latin. Pourtant le commissaire est sûr de lui. Son instinct ne le trompe jamais. En douceur, il parvient à le faire parler.

Durant l'interrogatoire, Adamsberg apprend que Damas a eu une enfance difficile. Battu par son père, il trouvait refuge auprès de sa grand-mère Clémentine, qui a survécu à une épidémie de peste quand elle était jeune. Depuis, elle est convaincue de maîtriser la maladie. Ce pouvoir, tous les membres de la famille le possèdent selon les dires de la vieille Clémentine.

Des années plus tard, Damas a été victime d'une terrible agression au cours de laquelle sa petite amie a été violée sous ses yeux. Quelques semaines plus tard, elle s'est suicidée, et Damas a été accusé de meurtre, suite au témoignage de ses voisins qui avaient entendu le couple se disputer peu avant les faits. Il a finalement été déclaré coupable. Ses années de prison lui ont permis de songer à sa vengeance. Comment s'y prendra-t-il pour punir les huit agresseurs ? Par le biais de la peste évidemment ! Il décide de changer d'apparence et de nom, et se fait passer pour plus bête qu'il ne l'est afin de ne pas éveiller les soupçons. Pendant ce temps, il met en place son funeste plan... Les 4, les puces, les enveloppes ivoire, tout est de lui. Mais son histoire présente des anomalies. Damas et sa grand-mère Clémentine, qui l'aide depuis le début, ont tout avoué, mais nient fermement avoir étranglé les victimes. Quelqu'un d'autre est donc passé derrière eux pour tuer les victimes... mais qui ? Et pourquoi ?

UNE SOMBRE AFFAIRE DE FAMILLE

Durant ses recherches, Adamsberg découvre une lettre laissée par Marie-Belle, la demi-sœur de Damas, dans laquelle elle avoue avoir ordonné les meurtres. Elle est donc le cerveau de l'affaire, mais compte toutefois sur un complice, son autre frère Antoine, qui s'est chargé de tuer chacune des victimes. Ayant appris le projet de Damas et désireuse de s'accaparer son héritage, Marie-Belle a convaincu Antoine de finir le travail de Damas, puis de le faire accuser. Mais Damas ainsi qu'Antoine ont été arrêtés trop tôt. Les enquêteurs ne tarderaient pas à remonter jusqu'à elle. Alors, elle s'est enfuie. Elle ne souhaite cependant pas qu'Antoine prenne la responsabilité des meurtres qu'elle lui a demandé de commettre. C'est pourquoi elle laisse son témoignage écrit à l'attention du commissaire.

Sombre affaire de famille... Depuis les méandres d'un foyer brisé, la folie meurtrière se répand entre les frères et sœurs. De retournement en retournement, Fred Vargas joue avec les émotions et les sentiments de ses lecteurs. Après l'avoir craint et détesté, on se prend d'affection pour le semeur de peste. La véritable coupable n'était autre que le personnage que l'on considérait comme le plus innocent de l'intrigue : la gentille Marie-Belle. Enfin, rompant avec les règles du genre, Vargas n'hésite pas à clore son roman sur l'évasion de la criminelle. Marie-Belle reviendra-t-elle ? La question reste ouverte...

L'ŒUVRE EN CONTEXTE

LA RECONNAISSANCE DU ROMAN POLICIER

On attribue généralement la naissance du genre policier à Edgar Allan Poe (écrivain américain, 1809-1849) et à sa nouvelle *Double assassinat dans la rue Morgue* publiée en 1841. En France, il faut attendre une vingtaine d'années pour qu'apparaisse le premier récit du genre, *L'Affaire Lerouge*, d'Émile Gaboriau (écrivain français, 1832-1873), paru sous la forme de feuilleton en 1863. Mais, à l'époque, le policier ne constituait pas encore un genre à part entière et se trouvait perdu dans les méandres de la littérature populaire. Ce n'est qu'avec l'arrivée d'un certain Conan Doyle (romancier britannique, 1859-1930) et de son personnage emblématique Sherlock Holmes que le genre commence à être caractérisé.

Le roman policier se décline en plusieurs sous-genres :

- le roman à énigme dans lequel le lecteur cherche la solution en même temps que le protagoniste qui mène l'enquête ;
- le roman noir, plus sombre et violent, qui vise à critiquer la société ;
- le roman à suspens ou thriller, dans lequel l'accent est mis sur la psychologie ;
- et bien d'autres encore.

Bien que ses inspirations soient assez diverses, l'œuvre de Fred Vargas se rapproche du roman à énigme, dans lequel le lecteur découvre en même temps que l'enquêteur les différents indices qui devraient le mener sur la piste du tueur. L'auteure s'en distancie toutefois en jouant sur certaines règles.

Très mal perçu par la critique pendant longtemps en raison de son côté très populaire, le genre est toutefois réhabilité dans les années quatre-vingt-dix, alors que l'on commence à s'intéresser aux littératures dites mineures. Depuis lors, on voit émerger dans les universités des études visant à dévoiler toutes les richesses du genre et, peu à peu, le roman policier se mélange à la littérature dite « blanche ». Fred Vargas participe à cette réhabilitation du genre, en prouvant que l'on peut faire du polar tout en gardant un style assez littéraire, et montre qu'une intrigue captivante n'empêche pas de porter une grande attention à la qualité de l'écriture.

LA NAISSANCE D'UN BEST-SELLER

Fred Vargas est un bel exemple de réussite dans le milieu littéraire. Ses débuts ont été peu fructueux, mais sa persévérance et celle de son éditrice ont été les clefs de son succès. *Pars vite et reviens tard* est le roman qui signe l'avènement de la reine du polar français.

Quand Vargas termine son premier manuscrit en 1985, elle présente son texte au festival de Cognac qui récompense les nouveaux talents du genre policier. Si son œuvre s'est vu récompensée d'un prix lui ouvrant les portes de la célèbre maison d'édition Le Masque, Vargas renie aujourd'hui ce premier texte dont elle trouve le style balbutiant. Sa première éditrice, Hélène Amalric, est loin d'être de cet avis et affirme même qu'on y trouve « un ton[,] plus exactement, un timbre unique, qu'elle amplifiera dans ses œuvres ultérieures » (LEBEAU (Guillaume), *Le mystère Fred Vargas*, Paris, Gutenberg, 2009, p. 62).

Le prix Cognac participe à mettre le roman sous les feux d'une exposition à la fois médiatique et commerciale, une chance pour Fred Vargas. Son deuxième roman, *Ceux qui vont mourir te saluent*, écrit en 1987, est déjà beaucoup plus proche du style vargasien, mais il s'éloigne trop des codes du genre. Il est donc refusé par Le Masque et de nombreux autres éditeurs.

La popularité d'un roman policier présuppose qu'il est bien identifiable et strictement codifié. En ce sens, un roman policier qui subvertit les codes habituels représente un risque économique pour l'éditeur, ce qui expliquerait la raison pour laquelle le manuscrit de Fred Vargas a été refusé.

Puisque ce second roman ne trouve pas preneur, Fred Vargas s'attèle à la rédaction d'un troisième manuscrit, plus « classique ». Pour ce faire, elle imagine un personnage qui s'approche du héros traditionnel de polar : le commissaire Adamsberg. Il apparaît une première fois en 1990 dans *L'Homme aux cercles bleus*, publié chez Hermé Éditions. Mais il faut attendre la rencontre entre Vargas et l'éditrice Viviane Hamy pour que la carrière du commissaire Adamsberg soit véritablement lancée.

L'Homme à l'envers, vendu à 50 000 exemplaires, constitue son premier vrai succès. Il remportera d'ailleurs quatre prix littéraires, dont le Prix mystère de la critique et le Grand Prix du roman noir de Cognac. Le succès se confirme avec *Pars vite et reviens tard*, le premier best-seller de Fred Vargas qui marque un véritable tournant dans sa carrière. Les ventes s'envolent et le roman est une nouvelle fois récompensé. Il reçoit le prix des Libraires, le Grand Prix des lectrices de *Elle*, le Trophée 813 du Meilleur roman francophone, ainsi qu'un prix allemand, le Deutscher Krimipreis. L'engouement pour le roman est tel qu'une adaptation cinématographique est envisagée. Elle sera réalisée en 2007 par Régis Wargnier. Le phénomène Vargas est lancé.

ANALYSE DES PERSONNAGES

Les personnages de *Pars vite et reviens tard* sont tous un peu marginaux. Ils ont un caractère bien marqué, voire stéréotypé : Adamsberg est nonchalant, Joss Le Guern un peu brutal, Danglard est bon vivant. Ces caractéristiques reviennent chaque fois qu'il est fait mention du personnage.

JEAN-BAPTISTE ADAMSBERG

Le commissaire Jean-Baptiste Adamsberg, qui vient tout juste d'être muté à la brigade criminelle, est de petite taille et présente un air assez négligé, comme l'affirme Maryse, la jeune femme venue se plaindre auprès de lui après avoir découvert une série de 4 taguée sur les portes de son immeuble.

Son trait de caractère principal est la nonchalance. Adamsberg est un peu lent, détaché de tout, impassible, voire insensible. D'ailleurs, plus la situation est grave, plus ce trait de caractère s'accentue. Ainsi, lorsqu'un nouveau cadavre est découvert à Marseille, sa seule réaction est de répondre : « C'est bien » (p. 245), sans montrer davantage d'égard. Son indifférence se marque aussi au niveau social, puisqu'il ne prend même pas la peine de retenir les noms de ses collègues, ce qui ne le rend guère sympathique. Si cette indifférence fait partie de son caractère, on comprend qu'elle résulte aussi d'un processus de défense face à la violence de la vie. Adamsberg préfère rêvasser, s'évader dans son monde intérieur, plutôt que de se confronter aux événements de son quotidien.

Le commissaire est mauvais dans tout ce qui est administratif, scientifique ou technologique. Il ne semble pas particulièrement logique ni cultivé, mais il est extrêmement intuitif. C'est en suivant son intuition qu'il parvient à avancer dans ses affaires. Il s'éloigne ainsi des personnages typiques des romans policiers qui s'appuient le plus souvent sur des faits réels et des indices pour tirer leurs affaires au clair.

JOSS LE GUERN

Joss Le Guern était capitaine de navire sur *Le Vent de Norois*, jusqu'à son naufrage, qui a coûté la vie à deux hommes de son équipage. Le Guern, fou de rage, s'en est alors pris à son armateur qui savait que le bateau était trop vétuste pour prendre la mer. Arrêté, il passe quelques mois en prison après avoir été condamné pour coups et blessures avec intention de donner la mort.

À sa sortie, ne trouvant pas de travail, il se rend à Paris où il devient crieur public. Joss Le Guern est décrit comme « un type frustre, taillé dans le granit, possiblement violent » (p. 20), mais attachant au demeurant. C'est par son intermédiaire que le criminel diffuse ses menaces.

HERVÉ DECAMBRAIS

Hervé Decambrais est un vieil aristocrate désargenté qui est obligé de sous-louer des chambres de sa maison et de vendre des napperons ainsi que des conseils psychologiques pour subvenir à ses besoins. On découvre plus tard que Decambrais n'est pas son vrai nom. Auparavant il s'appelait Hervé Durcouëdic et était professeur d'Histoire. Il a décidé de changer d'identité à la suite d'une affaire de viol pour laquelle il a été condamné à la prison ferme.

Decambrais cache sous son apparence d'intellectuel bourgeois une grande émotivité et un cœur tendre. Il n'hésite pas à venir en aide aux autres habitants de la place Edgar-Quinet dès qu'il le peut. Il s'intéresse de près aux annonces faites par le crieur, et commence à enquêter sur ces extraits de textes anciens. C'est lui qui, le premier, comprend qu'il est question de la peste.

ADRIEN DANGLARD

Adrien Danglard est l'adjoint d'Adamsberg. C'est un bon vivant qui a très peu de succès auprès des femmes. Son épouse l'a d'ailleurs quitté et lui a laissé la charge de ses cinq enfants, dont l'un n'est pas de lui. Le traumatisme de cette rupture hante son quotidien et influence sa relation avec Adamsberg, dont il est à la fois admiratif et jaloux.

Très érudit et très logique, il aime l'ordre et constitue l'exact opposé d'Adamsberg. Les deux hommes se complètent donc bien.

DAMAS VIGUIER

Damas est un personnage double. À première vue, c'est un jeune homme un peu simplet qui tient une boutique de sport. Il accorde une attention toute particulière à son corps, et aime se montrer, si bien qu'il est toujours en t-shirt même en hiver. Il semble n'éprouver aucun intérêt à l'annonce du mystérieux fléau qui s'abattra prochainement sur la ville.

Le retournement final nous fait découvrir un homme très intelligent qui se fait passer pour bête. En réalité, Arnaud-Damas Heller-Deville, de son vrai nom, est le fils d'un industriel connu. Né dans une famille aisée, il est bien éduqué et très cultivé. Enfant battu, il trouvait refuge chez sa grand-mère qui lui racontait nombre d'histoires anciennes. Découvrant que sa famille avait survécu à la dernière épidémie de peste qui a sévi à Paris dans les années vingt, l'enfant se passionne pour le sujet et étudie les textes d'époque. Il est persuadé d'avoir hérité du don familial et de pouvoir maîtriser la maladie.

Sous les traits du terrible « semeur de peste » se cache un jeune homme fragile et perdu. Il ne s'est jamais remis de la mort de sa petite amie, qui s'est défenestrée quelques semaines après avoir été agressée et violée. C'est pour se venger de ses agresseurs qu'il met en place son plan machiavélique. De même, lorsqu'il apprend la trahison de sa demi-sœur Mari-Belle, il est effondré. Du personnage menaçant, il devient pathétique.

MARIE-BELLE VIGUIER

Marie-Belle est la sœur de Damas. Elle est décrite comme une jeune femme mignonne, bavarde et très attentionnée envers son frère. C'est un personnage peu signifiant en apparence. Le dénouement vient toutefois mettre à mal nos certitudes à son sujet puisque Marie-Belle n'est autre que la commanditaire des crimes. Elle est en réalité la demi-sœur et non la sœur de Damas, la fille illégitime de Heller-Deville. Elle a grandi dans la misère et la haine de son père. Jalouse de Damas, l'enfant reconnu, tandis qu'elle n'était que la fille cachée, elle s'est récemment rapprochée de lui dans le but de se venger et de lui voler son héritage. Voyant l'étau se serrer autour d'elle, elle disparaît à la fin du roman.

ANALYSE DES THÉMATIQUES

Le thème principal de *Pars vite et reviens tard* est bien évidemment l'évocation d'une épidémie de peste, mais ce n'est pas le seul. Comme dans tous les romans policiers, l'enquête occupe une place centrale. Elle est menée par le commissaire Adamsberg, qui n'utilise pas les techniques d'investigation habituelles. On retrouve également, en filigrane, un portrait poétique et original de la ville de Paris, ainsi que de ses habitants.

LA PESTE

La peste est une maladie extrêmement contagieuse qui a causé d'immenses ravages au cours de l'Histoire. Le bacille de la maladie, nommé *Yersinia pestis*, a été découvert en 1894 par Alexandre Yersin (1863-1943), l'un des disciples de Louis Pasteur (chimiste et biologiste français, 1822-1895). Elle était transmise par l'intermédiaire des puces qui contaminaient ensuite les rats. Porteurs de la maladie, ceux-ci la propageaient dans les villes. Le processus de contagion est demeuré longtemps mystérieux, et l'on pensait à l'origine que la maladie se transmettait par l'air, l'eau ou par le toucher, mais toutes les mesures de précaution qui étaient prises en ce sens se révélaient inutiles.

Connue depuis l'antiquité, elle a sévi dans le monde entier, notamment durant le Moyen Âge où une série d'épidémies a emporté des dizaines de millions de personnes. La plus terrible, l'épidémie de peste noire qui a touché l'Europe entre 1346 et 1352, a tué environ 25 millions de personnes, soit un tiers de la population européenne. Cette maladie, qu'on appelait le fléau de Dieu, était incontrôlable et foudroyante. Elle a si profondément marqué les esprits que le traumatisme perdure encore aujourd'hui dans l'inconscient collectif. Elle est depuis lors devenue un motif littéraire repris par un grand nombre d'auteurs tels que Camus (écrivain français, 1913-1960) dans son roman *La Peste* (1947) ou encore Hermann Hesse (romancier allemand naturalisé suisse, 1877-1962) dans *Narcisse et Goldmund* (1930).

Dans le roman de Fred Vargas, la peste n'est pas traitée de manière rationnelle, comme la maladie très concrète qu'elle est. Elle est plutôt mise en scène et, ce faisant, c'est davantage sur la peur ancestrale et irrationnelle qu'elle évoque que joue l'auteure. Et pour faire face à cette menace, la population a recours à des talismans et non à la science comme on pourrait l'imaginer. Personne ne songe ainsi à porter un masque ou une combinaison pour se protéger de la maladie, alors qu'une part importante de la population affiche le chiffre 4 peint à l'envers sur sa porte. C'est que la peste, en tant que fléau ancien et redouté, est devenue une légende pour nos sociétés. C'est cet aspect mythique qui intéresse particulièrement l'auteure. Elle démontre ainsi que s'il est facile de se moquer des superstitions d'autrefois, il subsiste toujours les mêmes peurs sous le vernis raisonnable de notre époque, celles qui donnent lieu aux rumeurs les plus folles et aux comportements les plus irrationnels.

LE DÉTOURNEMENT DES CODES DU ROMAN POLICIER

Fred Vargas respecte dans une certaine mesure les codes du roman policier. Comme tout bon polar, *Pars vite et reviens tard* est centré sur une enquête policière. Jouant avec les codes du roman à énigme, Vargas distribue équitablement les cartes entre le lecteur et le personnage qui mène l'enquête, afin que tous deux cherchent à résoudre l'énigme de concert. Ce faisant, elle permet au lecteur de participer activement à l'enquête. On remarque cependant que le meurtre ne survient qu'à la moitié du roman environ. Contrairement à la plupart des romans policiers qui s'ouvrent sur une scène de crime, ici les premiers chapitres mettent en place des indices, avant même que le crime n'ait été commis.

L'auteure semble donc suivre certaines règles pour mieux se détourner des autres. Même si l'enquête policière est un thème au cœur du roman, même si les indices sont donnés au lecteur en même temps qu'au commissaire, le lecteur n'a que très peu de chances de résoudre l'affaire. En effet, le système du roman à énigme ne fonctionne que si l'on se base sur un raisonnement logique dans un monde réaliste, or ce n'est absolument pas le cas chez Fred Vargas, comme le souligne Laetitia Gonon :

> « Le monde des romans de Fred Vargas ne se veut pas réaliste. Ils ne tentent pas de signifier le langage du crime ou de la police ; ils ont leur propre langage et créent leur propre monde, délibérément. »
> (« Mythes et démystification dans le roman de Fred Vargas »,
> in *Recherches & Travaux*, p. 119-135)

Or, non seulement le commissaire Adamsberg fonctionne à l'intuition, délaissant toute investigation rationnelle, mais, de plus, l'univers vargasien est un monde poétisé, onirique, finalement assez peu réaliste sous son apparente normalité. Le lecteur qui appartient à un monde rationnel et qui utilise la logique plus que l'intuition n'a donc pas toutes les cartes en main et ne peut pas véritablement trouver la solution par lui-même.

UN PARIS INSOLITE

La ville décrite par Fred Vargas ne ressemble pas au Paris que l'on connaît. On ne voit guère apparaître la tour Eiffel ou Notre-Dame, et les quais de la Seine ne sont pas envahis de monde. Loin de toute représentation romantique ou touristique, l'auteure a choisi d'ancrer son histoire dans un quartier méconnu de la capitale : la place Edgar-Quinet, à deux pas de la gare Montparnasse ; son quartier à vrai dire, puisqu'elle a grandi dans le XIVe arrondissement.

Sur la place Edgar-Quinet, tout le monde se connaît, du moins dans le roman de Fred Vargas. L'auteure y fait vivre une communauté sympathique, composée surtout de marginaux et d'excentriques. Du viking et tenancier de bar Bertin, au crieur public Joss Le Guern, tous les personnages semblent atteints d'une douce folie. Ils se connaissent et entretiennent des relations de bon voisinage, voire de franche amitié. C'est une communauté soudée qui n'hésite pas à porter secours à celui qui en a besoin. Ainsi, Fred Vargas parvient à installer en plein cœur de Paris une atmosphère de petit village. Elle crée le lieu adéquat à son intrigue, l'endroit où les rumeurs circulent rapidement et où tout le monde se connaît. Une petite communauté, au sein de laquelle la suspicion s'insinue d'autant plus vite.

UNE LITTÉRATURE CATHARTIQUE

Dans *Pars vite et reviens tard*, Fred Vargas donne à chacun de ses protagonistes un caractère et un passé qui influencent ses réactions. Ce faisant, elle tente d'expliquer ce qui anime ses personnages, et trouve des raisons qui motivent les comportements de chacun, mais aussi les crimes commis.

L'univers de Fred Vargas est marqué par le mal, un mal social : les personnages ne tuent pas parce qu'ils sont intrinsèquement mauvais, ils tuent parce que leur famille les ont privés de la reconnaissance à laquelle ils estimaient avoir droit, mais aussi parce que les rapports interpersonnels sont marqués par la violence. Ainsi, Damas met en place son plan machiavélique pour se venger d'une agression qu'il a subie quelques années auparavant. Par cette révélation, le criminel devient victime. Par ailleurs, on apprend que son père les battait lui et sa mère. Ce contexte de violence connu dès l'enfance conduit à des troubles psychologiques et mène la personne à reproduire cette violence à l'âge adulte. Il en est de même pour Marie-Belle, qui a durement souffert de l'abandon paternel et de la misère dans laquelle elle a grandi.

D'une manière générale, tous les personnages de Fred Vargas possèdent une part d'ombre, un passé qui influence leur comportement. Hervé Decambrais, par exemple, a été accusé du viol d'une écolière. S'il clame son innocence, le doute demeure cependant. Joss Le Guern a également fait de la prison pour tentative d'homicide à l'égard de son employeur. Chez d'autres, ce passé est moins gravé, mais l'impact sur le caractère des personnages tout aussi fort. C'est le cas notamment de l'adjoint Danglard, devenu alcoolique suite au départ de sa femme, ou encore d'Adamsberg qui se renferme toujours plus sur lui-même au fur et à mesure qu'il est confronté à l'escalade de la violence.

De ce fait, le caractère et les comportements des personnages peuvent s'expliquer, dans une certaine mesure, par leur passé. Cela vaut d'autant plus pour les criminels qui, dans l'univers vargasien, agissent toujours à cause d'un déterminisme social (enfance difficile, événements traumatisants, etc.). Ils ne tuent que parce qu'ils ont eux-mêmes souffert.

Mais s'il est question de violence physique et psychologique, celle-ci n'atteint que les personnages et non le lecteur. Fred Vargas veille en effet à l'épargner, car son souhait n'est pas de le marquer négativement. Au contraire, elle cherche, à travers ses livres, à aider le lecteur à aller mieux, à faire en sorte qu'il dépasse ses peurs. Son écriture a donc un effet cathartique. Cela explique la raison pour laquelle la plupart de ses romans connaissent une fin heureuse. Dans *Pars vite et reviens tard*, le retour à l'ordre est accompagné d'une forme de réenchantement. Le ton devient beaucoup plus léger, et les personnages les plus inquiétants se révèlent sympathiques, voire débonnaires. Après avoir plongé le lecteur dans un univers très sombre, l'auteure lui apporte une forme de réconfort, ce faisant elle contribue à la fonction cathartique de la littérature.

STYLE ET ÉCRITURE

UNE STRUCTURE QUI JOUE AVEC L'ANGOISSE

Pars vite et reviens tard est composé de 38 chapitres. Jusqu'au douzième, l'action est divisée en deux intrigues : la première concerne Joss Le Guern et Decambrais qui s'inquiètent des messages contenus dans les enveloppes ivoire que le crieur reçoit chaque jour ; la seconde est centrée sur l'enquête que mènent Adamsberg et Danglard sur les mystérieux 4 qui apparaissent sur les portes des appartements de certains immeubles. Les deux intrigues se rejoignent ensuite, lorsque l'historien Marc Vandoosler explique que le symbole retrouvé sur les portes des immeubles était utilisé auparavant en vue de se protéger de la peste.

Quelques courts chapitres disséminés dans le roman mettent en scène le criminel et son complice, sans toutefois dévoiler leur identité. Ceux-ci permettent de donner de nouveaux indices au lecteur afin qu'il puisse poursuivre son enquête. C'est de cette manière que l'on apprend, par exemple, l'existence de la bague en diamant qui permettra au commissaire de découvrir l'identité du coupable. Ce faisant, Fred Vargas donne au lecteur un avantage qui vient contrebalancer celui qui a été donné à Adamsberg, à savoir son instinct.

Jusqu'à la moitié du roman environ, on assiste à une montée progressive de l'angoisse. Ce n'est qu'au chapitre 16 qu'a lieu le premier meurtre. Un crime qui survient très tard pour un roman policier ! L'enquête semble ensuite stagner en raison des fausses pistes qui sont données. Puis, juste avant la résolution de l'enquête, Fred Vargas insère deux chapitres digressifs complètement étrangers à l'enquête, les chapitres 27 et 28. Ils évoquent la relation amoureuse conflictuelle entre Camille et Jean-Baptiste Adamsberg. Cette coupure, en plus des informations qu'elle apporte sur les personnages et leur psychologie, permet de sortir brièvement du cycle « crime-enquête-résolution » et apporte une respiration dans la tension du récit.

Les deux chapitres suivants emmènent Adamsberg à Marseille, où un cadavre, lui aussi noirci au charbon, a été trouvé. C'est à des kilomètres des premières scènes de crime qu'il découvre le fin mot de l'histoire. Vargas fait durer le suspense puisqu'elle n'explique pas immédiatement au lecteur la nature de la révélation qu'Adamsberg vient d'avoir. Ce n'est qu'au chapitre suivant, en même temps que les autres personnages, que l'on découvre qu'il soupçonne Damas. Le jeune homme est arrêté sous les yeux ébahis des habitués de la place. Du chapitre 33 à la fin du roman, les explications se succèdent et, malgré quelques revirements inattendus, le jour se fait progressivement sur l'affaire.

UN NARRATEUR OMNISCIENT

Dans un style plutôt classique, Fred Vargas opte pour une narration omnisciente. Le narrateur se place en observateur extérieur et raconte l'histoire à la troisième personne, tel un spectateur.

L'auteure se démarque par une langue à la fois simple et poétique, familière et inventive, rendue vivante par des dialogues ciselés. L'écriture est rapide grâce aux phrases courtes qui rythment l'intrigue. Cette impression de vitesse est renforcée par la présence de nombreux dialogues dans lesquels le langage fluctue d'un niveau soutenu à familier en fonction des personnages, de leur milieu social et de leur niveau d'éducation.

Ainsi Joss Le Guern utilise une langue familière ponctuée d'argot, quand Decambrais utilise le parler plus littéraire d'un ancien professeur d'Histoire :

> « – Je ne sais pas ce que c'est comme viande, ces poiffons, dit Joss,
> toujours penché sur ses piles.
> – Ces poissons, si je puis me permettre.
> – Dites donc, Decambrais, je veux bien être gentil mais mêlez-vous
> de ce qui vous regarde. Parce que chez les Le Guern, on sait lire [...].
> C'est pas vous qui allez m'apprendre la différence entre des poiffons
> et des poissons, nom de Dieu.
> – Le Guern, ce sont des copies de textes anciens, du XVIIe siècle.
> Le type les transcrit à la lettre, à l'aide de caractères spéciaux.
> À l'époque, on formait les s à peu près comme des f. [...] Je ne cher-
> chais pas à vous offenser. » (p. 49-50)

À côté de cela, Vargas n'hésite pas à faire tenir à ses personnages des propos très philosophiques et/ou poétiques qui détonnent avec la réalité d'une discussion quotidienne. Par exemple, l'évocation de l'érosion des roches par Adamsberg et sa comparaison avec la rudesse de la vie (p. 34-35) n'est pas en soi invraisemblable, mais elle est peu crédible en tant que conversation de bureau entre deux cafés. Ce sont ces petites touches de poésie qui font le charme du style de Vargas.

RESPECTER LES CODES DU ROMAN POLICIER...

Les genres dits populaires ont la caractéristique de répondre à certaines règles qui leur sont propres. Chaque genre comprend un certain nombre de sous-ensembles, des séries ou des cycles, fondés sur la réutilisation de composants identiques qui sont des marqueurs génériques, tels que :

- la réapparition d'un même protagoniste ou, du moins, le recours à une typologie à peu près fixe de personnages ;
- des fonctions déterminées attribuées à chacun d'eux ;
- des constantes stylistiques ;
- un schéma narratif assez constant, etc.

À première vue, l'auteure de *Pars vite et reviens tard* semble respecter un certain nombre des critères des romans policiers. Ses livres reprennent par exemple la structure traditionnellement attendue : désordre initial (meurtre), enquête hypothético-déductive, retour à l'ordre (explication). On remarque aussi la présence des champs lexicaux typiques du polar, ceux de l'univers policier et du crime, comme le montrent ces deux exemples :

> « – René Laurion, célibataire, dit Devillard en consultant ses premières notes, trente-deux ans, garagiste. Réglo, rien au fichier. C'est la femme de ménage qui a trouvé le corps. » (p. 127)

> « – Ouvrir des serrures en artiste ne s'apprend pas à l'école. Le type a sans doute fait de la taule [...] Auquel cas, il est fiché. S'il a laissé la moindre empreinte, vous le tenez en moins de deux. » (p. 128)

Enfin, une autre caractéristique du roman policier est la forte présence des dialogues. Dans *Paris vite et reviens tard*, si les conversations entre les personnages permettent de dévoiler des informations, elles ont également une fonction mécanique puisqu'elles permettent au lecteur de retenir plus facilement une information qui pourrait être importante dans l'enquête. C'est notamment le cas lorsque Decambrais et Le Guern parlent des messages contenus dans les enveloppes ivoire :

> « – Qu'est-ce qu'elles annoncent ? [...]
> – La peste, dit-il en baissant la voix.
> – Quelle peste ?
> – LA peste.
> – La grande maladie du vieux temps ?
> – Elle-même. En personne. » (p. 91)

...POUR MIEUX LES DÉTOURNER

Si Fred Vargas maîtrise parfaitement les codes du roman policier, elle s'en éloigne toutefois à certains moments afin de fournir une œuvre moins stéréotypée. Cela passe par l'introduction, au cœur d'un récit policier classique, d'une écriture tantôt érudite, tantôt poétique ou philosophique et surtout emplie d'humour.

La première chose que l'on remarque chez Fred Vargas, c'est le côté érudit et très bien référencé de ces histoires. On pourrait presque parler de romans policiers historiques, si ce n'est que l'histoire se passe de nos jours. On assiste en quelque sorte à une transposition du passé dans le présent ; un processus tout à fait caractéristique de l'œuvre vargasienne. Dans *Pars vite et reviens tard*, on retrouve ainsi des éléments médiévaux dans notre quotidien. Il s'agit, en premier lieu, de la peur de la peste et des moyens utilisés pour s'en protéger. Pour appuyer ces thématiques et donner à l'ensemble un certain réalisme, elle se base sur des détails historiques qu'elle puise dans son passé d'archéologue et de médiéviste.

Au-delà de l'aspect historique, le style de Fred Vargas se démarque par son usage de la poésie et de l'humour (parfois indistincts l'un de l'autre). L'auteure manie parfaitement l'ironie et le comique de répétition, que ce soit dans les dialogues ou encore dans les comportements de ses personnages. À d'autres moments, l'humour passe par des anecdotes et des dialogues absurdes :

> « – Dans la nature, dit Adamsberg, on néglige trop souvent l'extraordinaire puissance de la courge.
> – C'est exact, dit Joss avec sérieux. » (p. 346)

Vargas met en scène des intrigues qui relèvent de l'anormalité, ou de l'absurdité, et des personnages dont un des traits est toujours dépeint avec un certain grossissement, ce qui dépasse la démarche conventionnelle de notre entendement. Ainsi, la rupture avec la logique réaliste donne naissance à un comique imprévu et provoque le rire.

Ce comique imprévu, en léger décalage avec la réalité, est aussi source de poésie et d'onirisme. Il en est ainsi du champ lexical de la mer, utilisé naturellement par le marin Joss Le Guern, mais progressivement récupéré par d'autres personnages. Pour imager et poétiser son langage, l'auteure a en outre recours aux figures de style, et principalement à l'analogie (comparaison, métaphores, personnifications, etc.).

Au final, tout comme l'affirme Jeanne Guyon, Fred Vargas semble bel et bien avoir inventé un nouveau sous-genre, le « rompol » auquel l'auteure aime s'identifier. Loin d'être sombre et lourd, « il plonge le lecteur dans le monde onirique de ces nuits d'enfance où l'on joue à se faire peur, mais de façon ô combien grave et sérieuse, car le pouvoir donné à l'imaginaire libéré est total » (« Fred Vargas », in *Vivane-Hamy.fr*).

LA RÉCEPTION DE *PARS VITE ET REVIENS TARD*

UNE AUTEURE ADULÉE

Depuis les années 2000, Fred Vargas fait partie des dix auteurs français qui vendent le plus. Il se serait ainsi écoulé entre 2004 et 2011, plus de six millions d'exemplaires de ses romans. Son dernier livre *Temps glaciaires*, paru chez Flammarion, est une fois encore un énorme succès éditorial. En outre, avec 19 récompenses reçues au cours de sa carrière, la reine française du crime est l'une des rares auteures à bénéficier autant des faveurs du public que des critiques. Beaucoup apprécient chez elle le décalage qu'elle présente dans ses œuvres en jouant avec les codes du polar. Elle offre une certaine fraîcheur qui manquait dans le genre du roman policier.

Elle bénéficie en outre d'une très bonne visibilité dans les médias. La presse contribue en effet à son succès en faisant naître autour de l'auteure un certain mystère et en construisant une sorte de mythe qui nourrit l'imaginaire des lecteurs.

LE ROMAN À L'ORIGINE DE SON SUCCÈS

Pars vite et reviens tard est le premier best-seller de Fred Vargas. Sa parution marque donc un tournant dans sa carrière littéraire. Non seulement le roman a remporté quatre récompenses, mais les critiques sont quasiment unanimes. Alors que *Elle Magazine* évoque un roman « jubilatoire, enchanteur, génial, fantastique, inclassable, brillantissime… » (« *Pars vite et reviens tard* », in *Viviane-Hamy.fr*), *Libération* affirme que le roman est « aussi finement taillé que le diamant clé de l'histoire » (« Vargas, peste et fracas », in *Libération.fr*).

Plusieurs adaptations ont vu le jour dans les années suivant la parution. On notera le feuilleton radiophonique diffusé sur France Culture en 2013, ainsi que deux livres audio lus respectivement par François Berland (Livraphone, 2001) et Thierry Janssen (Thélème, 2012).

Le succès est tel que les droits sont achetés par Régis Wargnier pour en faire un film, qui s'avérera malheureusement assez peu fidèle au roman. Fred Vargas n'a pas tenu à donner son avis sur cette adaptation qu'elle considère comme une œuvre entièrement distincte de la sienne. Le film est, en effet, essentiellement centré sur l'enquête d'Adamsberg et délaisse un peu la galerie de portraits des habitants de la place Edgar-Quinet. Le cadre même de l'histoire a été changé, la place Igor-Stravinsky étant préférée à la place Edgar-Quinet. Les personnages sont également moins fouillés et semblent moins torturés par leur passé. Joss Le Guern, par exemple, n'est plus cet ancien marin bourru, mais un comédien au chômage. D'autres ont tout simplement disparu, comme c'est le cas d'Antoine. Mais la plus grande liberté prise est liée à la relation que Régis Wargnier a inventée entre le commissaire Adamsberg et Marie-Belle ; ainsi qu'à la fin puisque dans le film cette dernière est arrêtée.

Le film n'a pas rencontré le succès escompté, et beaucoup de spectateurs ont été déçus. Cela s'explique avant tout par l'impossibilité de représenter l'univers onirique de Vargas. Comme on l'a vu, *Pars vite et reviens tard* n'a de réaliste que l'apparence et se trouve d'autant plus difficile à mettre en image. Enfin, l'atout principal du livre est évidemment son style, cette écriture si particulière de Fred Vargas. Sans la poésie de son auteure, l'œuvre perd ainsi tout son charme.

Votre avis nous intéresse !

*Laissez un commentaire sur le site de votre librairie en ligne
et partagez vos coups de cœur sur les réseaux sociaux !*

BIBLIOGRAPHIE

SOURCES BIBLIOGRAPHIQUES

- ABESCAT (Michel) et MARZOLF (Hélène), « Fred Vargas : "Les polars, comme les contes, servent à déjouer l'angoisse de la mort" », in *Télérama*, 14 février 2008.
- AISSAOUI (Mohamed) et DARGENT (Françoise), « Les dix romanciers français qui vendent le plus », in *Le Figaro.fr*, consulté le 28 janvier 2016.
  http://www.lefigaro.fr/livres/2016/01/20/03005-20160120ART-FIG00305-les-dix-romanciers-qui-vendent-le-plus.php
- BOYER (Alain-Michel), *La paralittérature*, Paris, Presses universitaires de France, coll. « Que sais-je ? », 1992.
- CHEN (Chen), *Le roman policier de Fred Vargas : mutations du romanesque et diffusion médiatique dans la France contemporaine*, thèse dirigée par Jacques Migozzi et Natacha Levet, Université de Limoge, 2015.
- DUBOIS (Jacques), *Le roman policier ou modernité*, Paris, Nathan, 1992.
- DUPUIS (Jérôme), « Qui est vraiment Fred Vargas ? », in *Lire*, avril 2007.
- FREYERMUTH (Sylvie), *Ville infectée, ville déshumanisée. Reconstructions littéraires françaises et francophones des espaces sociopolitiques, historiques et scientifiques de l'extrême contemporain*, Bruxelles, Peter Lang, 2014.
- GONON (Laetitia), « Mythes et démystification dans le roman policier de Fred Vargas », in *Recherches & Travaux*, consulté le 28 janvier 2016.
  http://recherchestravaux.revues.org/434

- Jouenne (Nicolas), « Programme TV : *Pars vite et reviens tard* », in *Le Figaro.fr*, consulté le 28 janvier 2016. http://tvmag.lefigaro.fr/programme-tv/article/film/56689/programme-tv-pars-vite-et-reviens-tard.html?print=1
- Lebeau (Guillaume), *Le mystère de Fred Vargas*, Paris, Gutenberg, 2009.
- Lebrun (Michel), *L'année du polar 1987*, Paris, Ramsay, 1986.
- Levet (Natacha), *Le genre, entre pratique textuelle et pratique sociale : le cas du roman policier français (1990-2000)*, thèse dirigée par Jacques Migozzi, Limoges, Université de Limoges, 2006.
- « Les dix romanciers français qui vendent le plus », in *Le Figaro.fr*, consulté le 28 janvier 2016. http://www.lefigaro.fr/livres/2012/01/18/03005-20120118DIMWWW00523-les-dix-romanciers-francais-qui-vendent-le-plus.php
- Libiot (Eric), « Polar français : les affaires reprennent », in *L'Express*, 21 mai 2009.
- Mesplede (Claude), *Dictionnaire des littératures policières. Volume 2, J-Z*, Nantes, Joseph K, 2007.
- Meudal (Gérard), « Fred Vargas, le polar animal », in *Le Monde*, 27 juin 2008.
- Muller (Elfriede) et Ruoff (Alexander), *Le polar français. Crime et histoire*, Paris, La Fabrique, 2002.
- Murat (Pierre), « *Pars vite et reviens tard* », in *Télérama.fr*, consulté le 28 janvier 2016. http://www.telerama.fr/cinema/films/pars-vite-et-reviens-tard,287828,critique.php
- Petit (Maryse) et Menegaldo (Gilles), *Manières de noir : la fiction policière contemporaine*, Rennes, Presses universitaires de Rennes, 2010.
- Sarrot (Jean-Christophe) et Broche (Laurent), *Le roman policier historique. Histoire et polar : autour d'une rencontre*, Paris, Nouveau Monde, 2009.
- Vargas (Fred), *Pars vite et reviens tard*, Paris, J'ai Lu, 2013.

SOURCES COMPLÉMENTAIRES

- BELKA (Meryem), *L'effacement du réel dans la fiction policière contemporaine (Tonino Benacquista, Pascal Garnier, Marcus Malte, Fred Vargas et Tanguy Viel)*, thèse dirigée par Alain Schaffner, Université de la Sorbonne nouvelle-Paris III, 2012.
- *Carnets noirs*, documentaires Christophe Cognet et Christophe Derouet, France, La huit production, 2008.
- VERDAGUER (Pierre), *La séduction policière : signes de croissance d'un genre réputé mineur. Pierre Magnan, Daniel Pennac et quelques autres*, Birmingham, Summa Publications, 1999.

ADAPTATIONS

- *Pars vite et reviens tard*, film de Régis Wargnier, avec José Garcia, Lucas Belvaux, Marie Gillain, Michel Serrault, France, 2007.
- *Pars vite et reviens tard*, feuilleton radiophonique, adapté par Katelle Guillou, réalisé par Cédric Aussir, avec les voix de Jean Quentin Châtelain, Serge Renko, Claude Aufaure, Philippe Duquesne, diffusé sur France Culture en 2013.

Éditeur responsable : Lemaitre Publishing
Avenue de la Couronne 382 | B-1050 Bruxelles
info@lemaitre-editions.com

ISBN ebook : 978-2-8062-6907-2
ISBN papier : 978-2-8062-6908-9
Dépôt légal : D/2016/12603/155
Couverture : © Lisiane Detaille.